청어詩人選 156

4막 2장

이종열 시집

청어

4막 2장

이종열 지음

발행처 · 도서출판 **청어**
발행인 · 이영철
영 업 · 이동호
홍 보 · 이용희
기 획 · 천성래
편 집 · 방세화
디자인 · 이수빈
제작부장 · 공병한
인 쇄 · 두리터

등 록 · 1999년 5월 3일
(제321-3210000251001999000063호)

1판 1쇄 인쇄 · 2018년 9월 1일
1판 1쇄 발행 · 2018년 9월 10일

주소 · 서울특별시 서초구 효령로55길 45-8
대표전화 · 02-586-0477
팩시밀리 · 02-586-0478

홈페이지 · www.chungeobook.com
E-mail · ppi20@hanmail.net
ISBN · 979-11-5860-581-0(03810)

이 도서의 국립중앙도서관 출판시도서목록(CIP)은 서지정보유통지원시스템 홈페이지
(http://seoji.nl.go.kr)와 국가자료공동목록시스템(http://www.nl.go.kr/kolisnet)
에서 이용하실 수 있습니다.(CIP제어번호: CIP2018026061)

4막 2장

바람에 나부끼는 것
삶속에서 나를 찾아 헤매는 것
내 속에서 너를 찾아 헤매는 것
내 술잔 속에 달빛
나에게 내일이라는 화두를 던진다

차례

1

오늘

허물 벗는 뱀처럼,
돌각투구 벗어 내팽개치고
바다를 향하는 달팽이처럼,
뭍으로든 바다로든 떠나는 마음
이야기 열매 주렁주렁 매달려있는
세상을 찾아 떠나는 마음

오늘

한 잔의 커피와 담배
문빗장 활짝 열어 제치고
누군가 와주길 간절히 바라는 하루
산문 밖 세상이 너무도 애절하다

나는 얼음산이가 되어
외줄 위에서
양손에 움켜쥔 세상을 저울질 한다

한 생을 걸팡지게 살았음에
생에 애착이나
미련일랑 갖지 말자

이야기 깊은 산골짜기
오솔길을 지나가다
이마에 맺힌 땀 닦아 줄
손수건 하나 챙기고
걸망 속엔 이야기 가득한
책 한 권 담아가지고
먼먼 방랑의 길을 떠나야지

허물 벗는 뱀처럼,
돌각투구 벗어 내팽개치고
바다를 향하는 달팽이처럼,
뭍으로든 바다로든 떠나는 마음
이야기 열매 주렁주렁 매달려있는
세상을 찾아 떠나는 마음

한 잔의 커피
그리고 창문 밖 세상
담배연기 속에 감춰진 휴식

4막 2장

기억을 되돌리면
우리는 겨울에서 왔다

흔적을 남기며
별들을 몰고 떠나간
가을을 따라서

모든 것 다 잃어
뼈대마저 앙상한
겨울이 오면

우리는 황량한 슬픔과
스산한 외로움을 느끼며 홀로
눈 속에 둥지를 틀고
상처를 치유하고 살을 찌운다

눈 속에 이끼가 파릇한 옷으로
갈아입을 때가 오면
모든 기억을 외면하고 보이지 않는
추억을 상상하며 가슴 설렌다

햇살과 함께 찾아오는
화사한 꽃들의 향연
봄이 겨울의 때를 깨끗이 씻고
화려한 옷을 입으면

또다시 기억을 외면하고
뜨거운 태양 아래
아련한 추억을 생각한다

봄길

지금 그대 만나러 갑니다
지난번엔 잘 가라는 인사도
못하고 헤어졌지요, 우리

그 동안 어찌 지내셨는지
몹시도 궁금해서
찢어진 일력 한 장 네 겹으로 접어
먼지 수북한 책갈피에 끼워 넣고
지금 만나러 갑니다

들길을 지나
작은 실개천을 건너면
길모퉁이 외길 작은 오솔길 사이로
진달래가 환하게 미소를 보이고
몇 걸음 더 걷다보면
노란색 개나리가
두 팔 벌려 환영합니다

작은 오솔길을 지나
탁 트인 신작로 들길을 지나다보면
길녘에 여린 들꽃들이 발길을 막으며
다시 만나서 반갑다고 내게
악수를 건넵니다

지금 만나러 갑니다
왜 벌써 왔냐고 물으면
떠나는 벗에게
인사하러 왔노라고

지금 만나러 갑니다
왜 이제서야 왔느냐 물으면
스치듯 지나간 인연이 너무 아쉬워
손 한 번 잡아보려고 왔노라고

봄비

입은 옷 훌훌 벗어
마당에 널어놓고
먼 길 떠나는 봄

이별이 싫어 흘리는 눈물이
세월의 아쉬움을
더욱더 아리게 한다

울긋불긋 화려한 무지개 멍석
하늘 아래 깔아놓고
꼭두쇠 장단에 맞춰 걸팡지게 놀다
행여 누가 볼까 몰래 발길을 옮기며
잘 놀다 가노라는 마지막 인사

알몸으로 왔으니
입은 옷 훌훌 벗어놓고
알몸으로 가는 거라고

봄의 무대

여린 나무 위에 잔설이
떠밀려 쫓겨 가는 겨울을
더욱더 아리게 한다

작은 바위틈에 파릇파릇
돋아난 새싹
풍요로운 태양의 미소는
먼 길 여정에 지친 나그네에게
물 한모금의 여유를 준다

겨울의 막이 내려지고
객석의 대지는 기립박수를 보낸다
화려한 무대에 대한 경탄과
노고에 경의를 표하는

이제 다시 무대에 막이 오른다
객석의 대지는 배우가 되고
겨우내 움츠렸던 사람들은 객석에 앉아
무대 위에 막이 오르길 기다린다

비 오는 날의 서정

음악이 듣고 싶다
내가 들어서 좋고
네가 들어서 좋은 노래가

막걸리 한 사발
얼큰한 총각김치 한 접시
그리고 무명가수의
애절한 삶의 노래

오늘은 산문 밖
멀리까지 청소를 했다

발길조차 끊긴
막다른 모퉁이 길

그래도 혹여 하는 마음에
활짝 열어 제친 문빗장 너머로
아침에 청소한 길이 보이고
그 너머로 바다가 보인다

인적 하나 없는
풀숲 우거진 모퉁이
외딴 길

막연한 그리움에
잔을 비우며

일기

하얀 종이 위에
점 하나 남기고
길을 걷다 마주친 사람이라면
인연을 맺어도 좋다

아침 햇살 가득한 날엔
한적한 바닷가 돌단에 앉아
차를 마시며 내 이야기를
들어줄 이가 있다면
사랑을 해도 좋다

석양이 지는 언덕에 올라
흐느껴 우는 이가 있다면,
조용히 문빗장 걸어 잠그고
오늘이 빨리 지나가길
바라는 이가 있다면,

별빛 속삭임에 귀 기울이며
내일의 해를 맞이할
준비를 하라고

시계는 멈추지 않아서
처음으로 돌아가는 까닭에
또 다시 일력 한 장 넘기며
맞이하는 하루

탈

아침에 탈을 쓰고
창문을 연다

안개 자욱한 날에
아무도 나를
알아볼 수 없음을 느낄 때만
탈을 벗고
세상 밖으로 나간다

사람이 탈을 벗고 산다는 건
날선 작두 위에 무당처럼
살얼음판 일상의 여정이다

새벽부터 모진 바람이 불어온다
지난밤에 별들은 구름 뒤에 숨어서
세상 밖 모든 것들과 공존을 거부했기에
오늘은 해가 뜨지 않았다

그 자리엔
바람과 안개 그리고
길가에 어지럽게 버려진 탈들

오늘은 해가 뜨지 않아서
탈을 벗고 거리를 나설 수
있을 것만 같다

밝은 해가 뜨는 날에는
세상 모두가 탈을 쓴다
하나의 표정으로

종돈(種豚)

아버지는 먼 길 떠나면서
아무런 말씀도 하지 않으셨다
베옷 한 벌에
쌀 한 줌과 동전 두 닢

문틈으로 들어온 살바람이
온 방안을 가득 메우고
귀때기 논에 얼음이 채 녹기 전에
아버지는 무거운 짐 다 내려놓고
새 옷으로 갈아입고
먼 길 떠나셨다

때 지난 계절이
궁색한 넋두리와
허기짐을 몰고 올 즈음에

어머니는 이웃 동네로
삼백 근 씨돼지를 끌고
길을 나섰다

하루의 이유

작은 가지 여린 들풀 위로
이슬이 내려앉으면
깊은 잠에 빠져있던 세상도
조용히 기지개를 편다

달은 꿈을 부화하지 못하고
쫓기듯 떠밀려
아쉬움에 흘리는 눈물은
이슬이 되어
태양의 그늘 아래서 부화한다

그렇게 시작한 아침은
여백으로 남아
하루의 이유를 만들어 준다

흐린 아침에

아침의 창을 열고
세상과 공존을 모색하며
바람의 갈등을 느낀다

바람의 선택에 따라서
해와 구름의 엇갈린 운명은
하루의 변화를 예고한다

바람이 몰고 온 먹구름 사이로
시계 바늘은 잰 걸음으로
발길을 옮긴다

한 걸음 한 걸음
일상 속으로 빨려 들어가면서
조금씩 허물어져 가는
경계의 벽

오월

커피 한 잔의 추억과
달빛의 선율
화려한 여유 속에
감춰진 이별

오월은
따가운 햇살을 피해
그렇게 흔적을 남기고
떠나간다

뭐가 그리 급한지
꽃잎이 지고
사랑을 잃어버린 나비는
또 다른 만남을 위해
작은 날개를 펄럭인다

아침 1

내 가슴 깊은 곳 어딘가에 자리한
그래서 더욱더 애절한 그대에게
오늘 아침의 영롱한 햇살과
파도와 대지의 환한 미소를 보내며

한 잔의 커피와 담배 한 개비
그리고 오전 열시를 가리키는
탁상시계

산문을 활짝 열어 제친다
늦었지만 혹여 닫힌 문을 등 뒤로
무거운 발걸음 옮기는 이가 있다면

아무도 오지 않아서
그래서 더욱더 간절한 나날들

이야기 가득한 마을을 지나
내 집으로 오는 막다른 골목길
잠시 들러 목이라도
축이고 가는 이가 있다면
그 사람을 위해 산문 밖 어귀까지
깨끗이 청소를 해놔야지

걸망 속 무거운 짐
다 풀어놓고 떠나는 이에게
산문 밖 조금만 걷다보면
다시 나타나는 이야기 골짜기가
발길을 멈춰 세울 거라고
길은 윤회하는 거라고

아무도 오지 않으면 어쩌나 하는
불안감은 뒤로 한 채
맞이하는 하루

아침 2

일력 한 장을 넘기며
병든 시계를 돌려 세운다
하루의 임종을 지켜보다
또 다시 맞이하는 하루

여명은 조용한
아침의 희망을 선사하고
태양의 등 뒤로
불어오는 바람은
시간과 공존을 선택한다

밥 한 공기 김치 한 종지로
시작하는 노동의 하루는
일상의 시작을 알리는 변곡점으로
나를 일으켜 세운다

만추

꽃이 화려한 순간에
나무는 꽃을 버리고
열매를 선택했다

열매가 이슬의 무게에
힘겨워 할 때에
나무는 열매를 대신할
무언가를 찾는다

낙엽이 떨어진 자리에
겨울나기 동물들의 해걷이가
시작된다

바람은 이별을 재촉하는
찬 서리를
하늘 끝 시선의 경계에까지
흩뿌린다

달팽이에게

한 생을 살다 지쳐
구름 뒤로
숨어버린 태양

작은 여백 속에서
시계바늘은
잠시 숨을 고른다

찻잔 너머
창문 밖 세상을
기웃거리다 눈을 감는다

하루의 끝에서
변화를 꿈꾸는
우물 속 달팽이에게

목적하지 않아도
찾아오는
내일을 이야기 한다

오늘이 아니라면
내일을 생각하라고……

하미르는 천상을 지키는 대장군이었다. 그는 하늘에서 선녀를 희롱하다 시
바 신에게 발각되어 갠지스를 지키는 수문장이 되는 벌을 받는다. 그러던
어느 날 하미르는 갠지스강 변에서 빨래하는 달리트(아무나강 변의 도비왈
라) 소녀를 희롱하다 강가의 여신에게 발각되어 천상의 규율을 어긴 벌로
우물 속에서 돌각투구를 뒤집어 쓴 채 평생을 살아가는 달팽이가 되었다.

광끼

울타리 너머로 사람들이 몰려온다
모두가 무언가를 가득 담은
봇짐을 하나씩 짊어지고

어떤 이는 희망을
어떤 이는 슬픔을
또 다른 어떤 이는
간절한 그리움을 봇짐에 담아
저마다 하나씩 짊어진 봇짐은
종착지에 다다를 때까지
내려놓지 않는다

저들 중에 나와 먼 길 함께 떠날
길동무 찾아
내 빈 봇짐에 욕심 한 조각
뚝 떼어 담아 달라고

울타리 너머로 잔잔한 바람이 인다

풍향

긴긴 잠속에서 깨어난 별들이
세상 밖을 기웃거린다

바람은 별의 품속에서 잠들었다
먼 길 떠날 채비를 서두르는
별들의 품속에서 빠져나와
하루살이 긴 여정을 떠난다

다시 돌아올 별들에게
들려줄 이야기를
이별이 아쉬운 벗에게
바람은 작은 떨림으로
모든 걸 대신한다

좋은 날들

환하게 미소 짓는 둥근 달이
창밖을 비추는 날엔
시를 쓰기 참 좋은 날이다

창 밖에 별들이 무리지어
밤하늘을 수놓을 때엔
시를 읽기에 참 좋은날이다

밤이 깊어 쓸쓸한 바람이
홀로 남아 있음을 이야기 할 때엔
잊혀진 기억을 떠올리기에 좋은 날이다

볼펜 한 자루와 노트
한 권의 시집과
나를 바라보는 별들

빛바랜 사진 한 장의 추억

시인의 하루

바람의 무게와 삶의 무게가
저울추 위에서 수평을 이루면
시인은 그때서야 시를 쓴다

누군가 나를 바라보는 시선에
고개를 돌리고, 모두가 잠든 밤에
별을 보며 옹색한 말을 건넨다

막걸리 한 사발 총각김치 한 종지에
철학을 담아 목청이 떨어져라 소리 지르다
타협할 수 없음을 느끼면 잠을 청한다

감자꽃

봄이 등 돌려 먼 길 떠나고 난 뒤
여름이 서서히 자리 잡을 무렵
언덕 위에서 곱게 곱게
계절을 느끼며 피어납니다

아직은 덜 자란
뿌리 끝 열매의 숨결을
온몸으로 느끼며
꿈을 꿉니다

별들이 화려하게 수놓은
밤하늘 아래
옹기종기 둘러앉아
다정하게 계절을 노래합니다

해에게

살아가는 이유가
너였기 때문에
오늘도 너를 바라본다

아침에 찬란한 빛이
잎사귀 위에 영롱한
이슬이 어루만져주는
부드러운 바위의 감촉이
너로 인해 만들어진 까닭에

뒷동산 능선 위
나뭇가지에 반쯤 걸쳐진
너를 보며
하루의 시작을 이야기한다

2

여행

바람은 춤을 추고
바다는 꿈을 꾼다
삶은 전설을 만들고
신화를 이어간다
씨줄 낫줄 하나 없는 세상이다

동행

비 오는 날은
접은 우산을 들고
거리를 나가봅니다

혹여 누가 우산 반쪽을
내게 나눠주지나 않을까
반쯤 젖은 셔츠가 서로에게
어울리는 기쁨을 생각하면서

오늘은 비가 오지 않아서
우산을 활짝 펴고 거리를 나섭니다
몸 반쪽이 태양에 그을려 서로에게
어울리는 기쁨을 생각하면서
우리 두 사람은 환하게 웃어 보입니다

비가 오는 날엔
비에 반쯤 젖은 손수건을 건네며
우리는 환하게 웃습니다

비가 오지 않는 날엔
땀에 반쯤 젖은 손수건을 건네며
우리는 환하게 웃습니다

오늘은 비가 오지 않아서
우산을 활짝 펴고
거리를 나가 봅니다
누군가
나와 같은 생각을 하는 이가
있을 거라 믿으면서

등대의 꿈

바다를 잃어버린 포구에
새가 날아온다
오래전 잃어버렸던 기억의 끝이
희미한 상상으로 다가오는
흔적을 찾아

늙은 어부가 잰 손놀림으로
낡은 그물을 손질하기 시작한다
바다가 사라진 항구의 끝자락
박물관에서나 볼 수 있는
어느 고대부족의 생활의식처럼
기억을 위한 의식으로

바람이 분다
파도가 떠난 자리엔
황량한 모래바람과
스산한 여운만 맴돈다

등대는
배가 사라진 빈들에
불을 밝히며
바람의 선택에 따라
고개를 돌린다

만리포 수목원

산문을 열고
세상 밖으로 걸어 나간다
시원한 바람과
구름 한 점 없는 맑은 하늘
끝없이 펼쳐진 푸른 바다

바람은 춤을 추고
바다는 꿈을 꾼다
삶은 전설을 만들고
신화를 이어간다
씨줄 낫줄 하나 없는 세상이다

산책로 모퉁이 커피집
혼자라는 것
그래서 더욱 더 갈등하는
삶의 여흥이 아닐까

한 잔의 커피와 담배 한 개비
그리고 어제 내가
다 쓰지 못한 일기

조용히
아주 조심히
내 의식 속의 모든 꿈들을
하나, 둘 걸망 속에
주워 담아야지

산

그저 산이라 해서 올라간다
그곳엔 푸른 나무가 있고
활짝 핀 꽃들이 있고
시원한 바람의 부드러움이 있고

목적하는 곳엔
뾰족 솟은 바위 하나가 있고
그 곳에서 외침은
짧은 울림으로 되돌아온다

산에서 내려오는 길에도
푸른 나무가 있고
활짝 핀 꽃들이 있고
시원한 바람의 부드러움이 있고

목적하는 곳은 없지만
내려와야만 한다
그곳엔 뾰족 바위도 없고
메아리도 울려 퍼지지 않는다

일기장

달의 기슭에 별빛이 다다르면
우리는 하루의 정리와 함께
일기를 쓴다

옹색한 하루 변명도 좋고
구질구질한 넋두리도 좋고
내가 있었기에 가능했던 순간을
되새긴다

깊은 밤이 지나고
새벽이슬이
아침의 시작을 알리면
일기는 또 다시 책갈피 속에서
깊은 잠에 빠진다

태양이 가져다주는
일상의 번다함과 또 다시
일기장 속 빈 페이지에
숫자가 새겨질 때까지

장고항

깊은 밤이다
바람이 분다
비가 온다

어둠이 걷히고 아침이 오면
세상 모든 게 변하여
이 시간도 사라지겠지

혼미했던 여름의 흔적이
책갈피 속이든 사진첩 속이든
또 다른 모습으로
나를 찾아오겠지

지도

기억을 되살릴 수는 없지만
우리는 오래전에 한 몸이었다

바람이 불고
강물이 흐르고 흘러
지워지고 씻겨진
모질고 질긴 세월

아련함이 지워지지 않는
상처로 남아
기억을 아프게 한다

한 해가 가고,
또 한 해가 다시 저물어 가도
도로 위에 빨간 선은
지워지지 않는다

왜목마을

섬과 섬을 잇는 바다에
작은 물결이
하나의 기억으로 다가오면
세상은 모두 하나가 된다

이른 저녁 어부는
갈매기의 날갯짓을 따라
면 바다로 고기잡이
여행을 떠난다

간결한 바람이 분다
해가 따라간다

이방인들은 태양이 전하는
이야기를 따라서
발걸음을 재촉한다

이렇게 떠나간 해가
한 바퀴 세상을 돌아
먼먼 세상의 이야기를 전하면
항구의 아침은 천천히
기지개를 편다

여행

달이 세상 밖으로
밀려난 아쉬움에 뿌려진
차가운 새벽 서리가
아침의 온기를 더하여
메마른 대지에
촉촉한 이슬이 맺힌다

조용히 찾아오는 이방의 기척이
아침의 공복을 알리면
마침표를 염두에 둔 일상의
이야기를 써내려간다

의식 속에 감춰진
날개를 활짝 펴고
태양의 발길을 따라서
머나먼 세상으로
방랑의 길을 떠난다

아침 산책

아침의 문을 열고
세상 밖으로 나가면서
우리는 각자의 삶에 어울리는
옷을 입는다

산책로 가는 길
작은 실개천을 가로지르는
다리를 건너며
반쯤 걷어 올린 옷소매를
고쳐 입는다

계절이 깊어 가면 갈수록
봄은 한 겹 두 겹 옷을 벗고
뽀얀 속살을 드러내며
또 다른 외투를 입을 채비를 한다

한 걸음 두 걸음
산길을 오르다 뒤돌아보면
저만치 먼 곳에서
내 발길을 따라 누군가
산길을 걷는 이가 보인다

가야산

그 산에 바위가 아름다우면
봄은 어느새 파릇한 옷을 입고
우리에게 다가옵니다

그 산에 꽃들이 아름다우면
여름은 신선한 바람과
싱그러움을 안고
우리에게 다가옵니다

그 산에 새들이 둥지 위에서
부화를 서두를 즈음에
가을은 산언저리 나뭇가지에서부터
산꼭대기 하늘과 맞닿은
곁가지 나무 끝까지
붉게 붉게 타들어만 갑니다

하얀 눈이 옵니다
그 산 꼭대기에
하얀 눈이 소복이 쌓이면
눈 속에 싹들은 짧은 겨울잠 속에서
다시 돌아올 날들의 꿈을 꿉니다

겨울나기

낡은 서랍장 속에서
겨울나기 털장갑을 꺼내며
또 다른 변명으로
한 해를 정리하려고 한다

파노라마 사진처럼
스치듯 지나간 날들은
새장 속에서 부화를 거듭하며
조금씩 조금씩 형태를 잃어간다

까닭 모를 슬픔과 두려움
그 외 낯설지 않은
일상의 모든 번다함

한 줄 한 줄 시를
써내려가는 동안
일어나는 모든 이야기들과
투박하게 변해가는 육신

꿈

잠시 쉬었다 갑니다
지금은 그저
바람이 머문 동안이려니
지친 몸을 이끌고 와
문틈을 기웃거리는 세월

세월은 스치듯 지나간 인연처럼
짧은 만남이 못내 아쉬워
내 잠 속을 맴돌다
그냥 뒤돌아 갑니다

긴긴 밤이 지나고 나면
다시 찾아오는 하루

아침이 오면 머리에 맴돌다
훌쩍 떠나버리는 그런 만남이라서
표식조차 남길 수 없는 미련인 까닭에
오늘도 길을 나섭니다

미련 한 자락
볕 잘 드는 마당에
널어놓고

이야기 마을 여행

어둠이 지나고 아침이 오면
모두가 들이든 산이든 어디로든
길을 나선다

태양에 밀려 준비도 없이
먼 길 떠나는 달빛을 등 뒤로
떠오르는 여명은 이야기 마을에
꿈꾸는 아침을 선물한다

이야기 마을에
발을 내딛는 순간부터
우리는 바람이 되어
먼 여행을 떠난다

푸른 하늘 밑 작은 들풀 위에
아스라이 내려앉은
이슬을 마시며 떠나는 여행

길을 걷다 힘들면
태양 아래 작은 돌 그늘에
등을 기대고 함께 길 떠날
친구도 기다려도 보다,

해 그림자 사이로
구릿빛 노을이 고개를 내밀면
이야기 마을 한 귀퉁이에
털썩 주저앉아 땀을 닦는다

바람에게

맑은 태양의 울림
경쾌한 갈매기의 날갯짓
금빛 물결 위에
두둥실 떠 있는 조각배들의 여유

그대와 함께
하루를 호흡할 수 있음을 감사하며
이야기 깊은 하루를 열어 가려 합니다

한 권의 책과 한 권의 노트와
볼펜 한 자루
불빛을 잃어버린 가로등
모든 것이 낯설지 않은
어색함을 등 뒤로

그대와 함께
화사한 꽃길을 걸으며
오월을 즐깁니다

간이역에서

기차는 떠난다
한줌 모래시계를 뒤로 하고
기억 저편으로

방랑자는 역 대합실에서
열차표를 물끄러미 바라본다

열차는 길게 뻗은
철로 위를 쏜살같이 내달린다

안개 자욱한 날에
노트 한 권 볼펜 한 자루
그리고 자판기 커피 한 잔
엄습해오는 스산함

오월의 광장

행복했던 순간을
추억하며 이른 아침
광장을 걷는다

정적을 깨뜨리는
태양의 울림이 여린 미소로
하루의 시작을 알린다

지난 밤 날개를 활짝 펴고
공존을 모색했던
상식의 새는 어디에서
접은 날개 퍼덕이고 있을까

기억을 지우기 위해
오월의 광장 옆
가로수길을 걸으며
그날의 따사로운 햇살을 떠올린다

광장의 길녘에
화려하게 핀 꽃을 보며

길을 나서며

사랑하는 사람들은
사랑을 위해 꽃을 들고
이별이 아쉬운 이들은
추억을 위해 꽃을 든다

쫓기듯 달아난 겨울이
남기고 간 잔설 속에서
나무는 잠에서 깨어나
싹을 피운다

새싹이 꽃망울 틀 무렵부터
뽀얀 속살 향기로운
꽃잎이 거리를 가득 메우는
화려한 날까지

사랑하고 싶은 이는
사랑을 찾아 길을 나서고
추억에 잠겨 잠 못 이루는 이는
또 다른 추억을 위해 길을 나선다

부화

둥근 막에 갇혀서
때를 기다리다
겨드랑이 사이로
돋아난 깃털이
크기를 더해가고 있음을
느끼는 순간
낯선 갈등과 싸우다
부서지는 장막의
틈새로 들어오는
검은 태양의 빛이
작은 육체의 소스라침을
일깨울 때가 오면
기쁨의 눈물을 흘린다

3

이별

꽃잎이 지다

꽃잎이 떨어진다
그렇게 많은 시간이 흘렀음일까
열매가 껍질을 벗고
부드러운 속살을 드러낸 짧은 순간에도
나무는 옷을 벗지 않았다

어느 날엔가 꽃잎을 떠나보낸 자리에
하나 둘 열매를 맺으며
깊이 패인 상처를 감추기 위한
한 겹의 옷을 더 껴입기 시작했다

짧은 만남이다
오랜 기다림 끝에 피어난 꽃은
한 순간 알몸을 드러내고
어떤 때를 기다린다

이별을 위한 만남은
상처 위에 또 다른 아픔을 덧씌우는
반복된 갈등인 까닭에
깊게 깊게 옹이가 패인다

꽃잎이 진다
무딘 바람에 꽃잎이 진다
살며시 흔적마저
바람에 날리우며

나비제

무늬를 잃어버린 나비가
여린 꽃그늘에 살포시 내려앉아
태양 볕으로 무늬를 채색하면
대지는 또 다시
너울너울 춤을 춘다

여름이 그렇게
세상에 존재를 알리며
옷을 입으면
나비는 화려한 들꽃무대에 올라
한바탕 멋드러진 춤을 춘다

덕유산

눈꽃향기 그윽한
산 속 모퉁이 외길

등 너머에서
소리 없이 부서지는 노을을
뒤돌아 바라보며
하루의 아쉬움을 달랜다

세월 속으로
빨려 들어가는 태양

그리고
낙엽이 수북이 쌓인 자리에
흰 눈이 한해살이 여정의 시작을 알리면
이끼는 바위틈에서
천천히 기지개를 켠다

긴 잠 속에서 막 깨어난
달의 품속에서
하루살이 부화를 시작한
별들이 쏟아진다

날개

기억은 노트에
잉크가 마르기도 전에
한 줄의 흔적을 더 써내려간다

둥지를 박차고 떠난 새는
새장을 찾아
힘찬 날갯짓을 한다

새장으로 날아든 새는
날개를 버리고
갈등을 선택한다

오래전에 보았던 하늘은
노트를 펼쳐야 볼 수 있는
아득한 상상

날개를 잃어버린 새가
둥지를 찾아
먼 여행을 떠난다

길을 나서야지
노트 한 권
펜 한 자루 그리고
내 발길이 머무는 곳까지

그대에게

지난 밤 굳게 닫았던 문을 활짝 열고
환하게 미소 짓는 태양과 함께
그대를 맞이합니다

어제는 비가
오래전에는 눈이
세상을 촉촉이 적셔주었습니다
잃어버린 기억들 속에 아련함이
그대와 함께 내게로 다시 찾아옵니다

그대는 바람입니다
때가 오면 다시 또 모든 걸 휩쓸고
어디론가 훌쩍 떠나버리는
그래서 아득한 흔적마저
사무쳐오는 그리움으로 찾아옵니다

그대는 바람이고
나는 모든 것이 간절한
까닭이겠지요

동전

앞면은 너
뒷면은 나

우린 한 몸이기에
언제나 함께 하지만
바라보는 세상이 달라
항상 서로 다른 생각을 하지
우리의 의지와는 상관없이

태어나는 순간부터
어둠과 밝음 속에서
서로의 몸에 기대
그리움을 간직한 채

생을 마감할 때까지
서로의 얼굴을 모른 채로

이별

먹어도 먹어도 늘
배고픈 나날
가난은 항상
배고픔을 몰고 온다

여명이 움트면
노동의 아침은 시작하고
암소 황소 끌고 가는 연자방아도
돌아가기 시작한다

한 잔의 커피
노동의 시작을 알리는 종소리
삶은 힘들다
그러나 즐거운 나날

찢어진 상처에 돋아난 딱지는
장수비늘로 자리를 틀고
어깨 너머 자리한 세상은
등 돌아 가부좌를 튼다

자고 일어나면 변하는 세상
생의 의문을 뒤로 한 채
먼 여정
신고 갈 새 버선으로 갈아 신고
길게 풀어헤친 생의 실타래
채 감지 못하고 떠나는 길

걸망 속에
주섬주섬 주워 담아
길을 나선다

석양

이야기 가득한 하루
한 잔의 커피와 담배
그리고 음악

오늘도 산문을 활짝 열어 제치고
누군가 와주길 간절히 바랐지만
끝내 아무도 오지 않는
그래서 더욱더 따분한 하루였다

창문 너머 멀리
등대에 불빛이 밝아온다
저녁인가 보다
통통배들이 모터소리 요란하게
바닷길을 재촉한다

오늘이
서편 하늘에 걸려 있음을 암시하는
이렇게 하루를 마감하는 것도
늘 있어온 일인데,
이다지 아쉬움이 남는 건 왜일까?

한 장 두 장 찢겨지는 일력
나목(裸木)은 점점 뼈대를 드러내고
그윽한 커피 향에 취해
바라보는 석양노을은
너무도 매혹적이다

일상의 종영을 암시하는
피날레 치고는
꽤나 멋진 서정인 것 같다

바람꽃

너는 꽃이 되거라
나는 이슬이 되어줄게
그리하여 열매의 달콤함을
함께 나누자꾸나

너는 대지가 되거라
나는 씨앗이 되어줄게
그리하여 온 세상의 뿌리가
하나의 꽃으로 무성한 잎을
싹 틔우자꾸나

동서로 우뚝 선 준령
나그네의 발길이 이르지 않는 곳에
살며시 피었다 이른 바람에
꽃잎이 떨어지는

남북으로 우뚝 선 험산이
마파람 끝을 돌려세워
발길을 멈춰 세워 인연 맺지 못하는

나는 바람이 되어
잊혀진 기억을 회상하며
하늘 끝 머나먼 세상으로
꽃잎 흩날리는 기쁨을
맞이하리라

외등(外燈)

파란 하늘 살포시 열던
어제 그 길 이젠 없고
회색 불빛의 어두운 그림자
옷깃을 여민다

지금 이 순간
눈빛이 마주쳐 스치고 지나간
인연에 고개를 돌리고

순간 만나 헤어진 그 사람은
멀리 내 어깨 너머에서
잔을 비운다

보름달

내게 주어진 시간만큼만 생각하며
밤을 나누고자 합니다
밤을 드시겠습니까
빈곤한 밤이지만 하루는 어떨런지요

태양의 흔적을 따라
바람이 모든 걸 휩쓸고 지나간 자리
그대와 내가
함께하고 있음을

세상 모든 것 다 잠들어
별빛마저 구름에 가리워진 이 밤
하나의 마음으로
서로를 바라봅니다

들꽃에게

작은 들꽃에게
아침에 문을 활짝 열고
인사를 한다
지난밤 폭풍우를
무사히 넘겨줘서 고맙다고

고개 숙이고
허리를 절반 굽혀
손 내밀어야 와 닿는
인연이기에

무심한 마음은
거센 비바람이 불어온 다음에야
너를 떠올렸다고

활짝 개인 날엔
혹여 떠날까
뒤돌아 아쉬워
눈시울 적시노라고

바람을 기다립니다

그대를 떠나보낸 뒤에
바람은 불지 않았습니다
오늘도 바람은
불지 않을 것만 같습니다

내가 그대가 될 수 없는 까닭에
빈자리는 마냥 쓸쓸하기만 합니다

세찬 바람이 가져다준
이별을 생각하며
바람을 기다립니다

때 이른 바람에 떨어져 버린
여린 가지의 열매는
한 때의 추억으로
바람을 기다립니다

생각하지 않아서
기억조차 잃어버린 날들이
사무쳐 오는 날에

나무에게

너는 나무 그러하기에
너는 이별의 순간에
작은 흔들림조차 울타리에 떠넘긴 채
홀로 아픔을 이겨내며
가슴속에 상처를 남긴다

이유를 만들지 못한
기다림으로 인해
목적하지 않은 이별을
너는 울타리 밖 세상을 바라보다
상처를 덧씌우며
하루를 연명한다

너는 나무이기 때문에
그러한 삶에
익숙해야만 한다

유리창

바람이 부는 날엔
그대 앞에서 잔을 비웁니다

그것이 술잔이건 커피잔이건
상관없이 잔을 비웁니다

쓰디쓴 술이 쓰디쓴 커피가
그대와 함께라면
덜 외롭고 덜 허전하고
쓴맛이 더해져 달달한 설탕처럼
입가에 엷은 미소를 줍니다

바람이 불어옵니다
잔 하나가 간절한 건
그대가 곁에 있기 때문입니다

별들이 잔속으로 쏟아져
내릴 때까지
그대와 같이 잔에 입 맞추고
달달한 맛을 함께 느끼며
이제나 저제나 밤하늘을 바라봅니다

3월

엊그제 심었던 길녘에 어린 나무가
푸른 싹을 틔우고
가는 이 발길을 막아 세웁니다
그대는 그 길에서
작은 미소를 지어보입니다

둥지 위에 작은 새들은
산란을 준비하며
힘찬 날개 짓에 하늘을 날아다닙니다
그대는 하늘을 바라보며
지그시 눈을 감습니다

2월의 달력을 넘기며
아쉬운 미련에 발길 돌리지 못하는
눈꽃을 보며
그대는 고개를 돌립니다

허수아비

그들도 우리처럼
한 번의 하늘을 본다

모든 것 다 잃고
홀로 남아 있음을
온몸이 말하고 있을 때
하늘을 보며 또 다른
일상의 의식을 치른다

황량한 바람이
내 어깨 위에 무거운 짐을
송두리째 빼앗아 가면
너무 아픈 통증과 불면이
모든 기억을 혼미하게 만든다

푸르른 날들에
번다한 만남과 일상의 의식이
아득한 믿음으로 다가오면
그때엔 시선 끝
먼 하늘을 본다

한강 1

바람이 불면 부는 대로
이리저리 나부끼는 깃발

아스라이 멀어지는
먼 옛날의 혼미한 추억들

바람이 말을 한다

살아남아서 아파하는 이들은
또 다른 아픔을 느껴야 하는 이유를
알면서도 애써 외면한다

뿌리를 거두지 못한 할아버지에서
뿌리를 내리지 못한 손자 사이에서
방향을 잃어버린 아버지와 어머니

물새 한 마리가
모둠발로 강물을 헤적인다

강물은 유유히 흐른다

산 자의 침묵 속에서
죽은 자들의 오열이
모이고 모인 눈물이 강물 되어 흐르는

신음소리조차 낼 수 없는 떨림이
작은 흔들림으로 다가오는
스산한 바람소리

한강 2

여명이 움트는 아침
물새 한 마리가
하느적 하느적
힘없는 날갯짓으로
강물 위를 날아다닌다

공복의 아침은
모든 살아있는 이들에게
희망을 선사한다

한 잔의 커피와 함께 강 건너
풍요로운 세상을 보는 아침은
내게 담배 한 개비의
여유를 선사한다

4

방하착

그대 무거운 짐 다 내려놓고
입은 옷 훌훌 벗어
태양 볕에 널어놓고
알몸으로 오세요
떠날 때 맨몸으로 떠났으니

그림자

굳이 이유를 찾지 않아도
만나야 할 사람이 있었습니다

그 사람은 지금
태양의 그늘 뒤에 숨어
내 발길이 멈춰 서는 순간까지
날 따라옵니다

나는 그 사람을
애타게 그리워합니다

손길이 닿으면
이내 허무해지는 까닭에
손길조차 건네지 못하는
그래서 그 사람이
더욱더 간절합니다

바람이 불고
옅은 가랑비가 와서
스산한 기운이 세상을
가득 메운 이 밤도
그 사람은 내 곁을
떠나지 않습니다

독백

두 손으로 감싸 쥔 종이컵 속에
물이 흔들려 파도가 일면
그 순간 살아있음에
안도의 한숨을 쉰다

끝 모를 슬픔과 치 떨리는 외로움이
부들부들 떨리는 육체가
꿈틀대고 호흡하고 있음을
정신이 말하고 있을 때에는
깊은 한숨과 작은 미소를 짓는다

바람이 불어온다
나뭇가지 위에 열매가
다 영글기도 전에 떨어진다
태초에 세상은
아무것도 존재하지 않는
허허벌판이었으리라

비가 내려와 싹이 트고
태양이 감싸 안아 살을 찌우고
화려한 꽃을 피우고
바람이 불어 꽃잎이 날리고
향기를 흩날리며
열매의 크기를 선택한다

바람이 불어온다
두 손으로 감싸 쥔
종이컵 속의 물 잔이
깊은 파도를 친다

애초에 종이컵 속에는
물이 없었다
그때엔 바람도 불지 않았다
그저 따분한 고요와 스산한 적막이
허공을 맴돌 뿐

둥지

선돌의 이끼가 자라고 또 자라
살갗을 갉아먹는 날에는
속살을 한 움큼 도려내고 그 속에
짧은 생명의 씨앗을 뿌려
이별을 위한 만남을
준비해야만 한다

세월은 흘러간다
바람이 만들어낸 상처는
또 다시 돋아나는 이끼의 품에서
갈등을 반복하며 뿌려진 씨앗에
꽃을 피우고 열매를 맺는다

또 다시, 세월은
바람을 헤집고 흘러간다
열매가 떨어져 움푹 패인 상처에
작은 새 한마리가
자리를 틀고 알을 낳는다

임진강 1

청실, 홍실
화려한 비단 금실로 수놓은
꽃상여 뒤로
붉은 빛깔 요란한 만장기가 나부낀다
극락왕생 기원하며

이야기 깊은 골짜기를 뒤로 한 채
구비 구비 열두 고비
연륜의 골짜기를 돌아 돌아
마디 마디 꼬인 매듭
풀다 풀다 지쳐 떠난 인생
윤회하는 다음 생은 어떤 이의 모습일까

번뇌의 시작과 끝은 어드메에 있을까
백여덟 개 염주알 굴리다
지쳐 되돌아보는 황혼

떠난 이 그리워 찾아가는 임진강

임진강 2

살아서도 죽어서도
건너지 못하는

그래서,
죽은 자와 산 자의 통곡이
어우러진 침묵

언제부터일까?
이념으로 흐르는
강물의 절규

젊은 날 청춘은
흩어져 내리는 유성들 틈에 갇혀
깊고 깊은 잠 속으로
나를 던질 수밖에 없었다

친구가 그리워
임진강을 찾는다
젊은 시절 애틋한 그리움이
나를 이곳으로
안내했을지도 모를 일이다

상식의 새는
이념의 사슬에 묶여
날개를 퍼덕이며
울부짖는다

역사라는 칼날 앞에서
남과 북
주인 없는 철창에
갇혀 사는 시대

임진강 3

아무도 없다
삶의 흔적이라곤
어디에도 존재하지 않는다

멈춰선 강물 위에
나룻배 하나
바람에 두둥실 떠간다

열다섯 소녀가
여든두 살 소녀가 되어
다시 찾아온 자리

멈춰선 시계는 울지 않고
멈춰선 강물은
깊게 깊게 고이는

아버지의 아버지의 아버지만
기억하는
강물의 역사

바람의 고뇌

별빛이 쏟아지는
가로등불이 거리를 밝히면
별은 가로등 넘어
또 하나의 추억으로
자리매김 한다

스산한 바람이 분다
시계초침보다 더 간결한
바람의 방향

또 다른 내일은
흔적을 남긴 채 떠나가고
또 다시 찾아온다

쉰두 해를 살았음에도
바람이 목적하는 세계를 모른 채
세상 밖으로
휩쓸려 지나간다

어느 포구

태양의 일탈이
바람과 구름을 몰고
짧은 휴식을 가져다준다

부서진 배 몇 척과 군부대의 철조망
주인을 떠나보낸 폐허 처마 밑에서
소매를 걷어붙인 어린 군인이
담배를 피워 문다

등대에 불빛이
사라져버린 까닭에
사람이 떠나가고
배가 떠나간다

기억을 잃어버린 선창가
낡은 선술집엔
늙은 창녀와 포주가
잔을 기울인다

배들을 떠나보낸
항구의 갈매기들이
멀리서 찾아온 이방인들을 향해
떼 지어 날아간다

제사

지붕 위의 고양이를 생각하며
마당에 조기 새끼들을
널어놓습니다
나도 배고프지만 저들도 살아야지요

벽에 걸린 굴비를 떼어
아버지 제사상에 올려놓으며
하루를 원망합니다

쥐꼬리처럼 가늘고 긴 생을
그렇게 그렇게 연명하다
하루를 등지고
한해살이 옷을 벗고
새 옷으로 갈아입은 아버지

아버지상 물림 뒤로
툇마루에 걸터앉아
긴 한숨 끝에 하늘을 바라보는
어머니를 바라보며
퇴주잔의 술을 비웁니다

산문 밖에서

이슬이 내리는 동안
달은 별을 몰고
어둠속으로 서서히
걸어 나온다

일상의 모든 굴레를 빠져나와
술 한 잔에 몸을 의지하는
휴식의 밤이
오는 이 가는 이
모두의 발길을 가로막는다

선술집 모퉁이 벽에
걸려있는 괘종시계는
일상을 마감하는 종이 울린다

견성(見聖)

소리 나면 소리를 들으면서
보이면 보이는 대로
세상을 바라보며 살아야지

햇살 고운 날에
떠나가 버린 시절을 그리워하며
목 놓아 섧게 섧게 울고 있을 이에게

스치듯 떠나가 버린 오늘이
추억이라는 연습장에
표식조차 남길 수 없는 날에는
애써 지우려 했던 날들이
작은 미소로 다가옵니다
세월은 많은 변화를
가져오기 때문이겠지요

오늘은 비가 오지 않아서
한 잔의 차와 맑은 하늘과
눈가의 잔주름이 내게
미소를 가져다줍니다

윤회

사랑을 모르는 이가
사랑을 배우게 되면
이별을 배워야 한다

이별을 모르는 이가
이별을 배우게 되면
또 다시 사랑을 배우고

달 속에 토끼가
먼 길 떠날 채비를 하게 되면
동쪽 하늘 먼발치에서
방그레 미소 띤 해가
빼꼼이 고개를 내민다

봄에 싹이 트고
여름에 꽃이 피고
가을에 열매를 맺고
겨울엔 또 다른 생명을
맞을 준비를 하고

회전목마

달의 몰락 속에
태양이 환한 미소로
고개를 내밀면
멈춰 섰던 시계 바늘은
재각재각 소리 내어
돌기 시작한다

모든 것이 멈춰 선
미명의 순간
정갈한 바람이 분다

지난 밤 별들의 장막에
갇혀 있던 모든 것들은
기억의 사슬에 묶인 채로
바람을 타고 다시 돌아온다

태양은 먼발치로 떠나가는
달의 뒷모습을 바라보며
흘리는 눈물은 이슬이 되어
작은 아쉬움으로

달이 돌고,
태양이 돌고,
주인을 기다리는 회전목마는
멈춰 섰던 발걸음을
한 걸음 두 걸음 내딛기 시작한다

바람이 불어온다
바람은 톱니바퀴를 물고
돌아가는 시계바늘처럼
삶을 연명하는 또 다른 이유를
내게 선사한다

방하착

그대 언제 예 오시려우
비가 그치고 바람이 멈춰서
물결마저 잔잔한 바다를 건너
뭍으로 오십시요

인생은 황량한 바다 위에
홀로 떠 있는 돛단배
정처 없이 두둥실 떠있다
작은 풍랑에도 흔들리는 욕심

그대 무거운 짐 다 내려놓고
입은 옷 훌훌 벗어
태양 볕에 널어놓고
알몸으로 오세요
떠날 때 맨몸으로 떠났으니

넘실대는 파도 위에
작은 돛단배 하나

나팔꽃

스치듯 찾아오는 인연이기에
당신이란 존재를 몰랐습니다

짧은 시간이 흐른 뒤에
기억 속에서 아픔을 느꼈습니다

바람결에 꽃을 피우고
환한 미소로 하루를 연명하다

그렇게 또 다시
바람결에 떠나갑니다

한 세상 그렇게 살다 헤어지면
다시 만날 날 있겠지요

침묵

어떤 시절에는

말할 수 없어 화를 내지 않았고
화를 내지 않아서 갈등하지 않았고
갈등하지 않아서
이별이라는 말은 그저
이야기책 속에서나 나오는
이야기로만 알았던 시절에는
남과 북이 따로 없었다

밭에서 김을 매고
산과 들에 널려있는
나물이며 열매들로
가난 속에서 풍요로운
만찬을 즐길 수 있었다

그러나 이제는

모두가 말할 수 있는 시절
모든 것이 풍요롭다고
꿈꾸는 시대

상식의 새는 날개를 활짝 펴고
드넓은 하늘을 날고 있다고

환희의 시대

언제부터일까
유리병 속의 종이학은
날개가 부러져 날 수 없고
순수의 샘은 말라서
물 한 방울 흐르지 않고
상식의 울타리마저 허물어져
경계를 잃어버린 사막
황폐함은 사막의 영역만
더욱더 넓혀만 간다

남과 북, 동과 서
경계를 이루지 않는 곳이 없는
병든 시대, 병든 땅
말을 하고 싶어도 말할 수 없는
의식마저 썩어서
풍요로운 시대

동전 하나로 꿈꿔보는 세상

동전 한 개로 세상을 가지려면
한 개 동전으로 끼니를 때우는 것이다
백 원짜리 동전 한 개 구하는 게 뭐 그리 어렵겠소

백 원짜리 동전으로
물 한 모금도 못 사먹는 현실이 가슴 아픈 게지
사방어디에도 넘쳐나는 게 물인데

오늘도 박스를 줍습니다
운이 좋아 사과박스 귤박스를
주으면 1키로 80원을 받습니다

동전 하나로 세상을
바꿀 수만 있다면 좋겠습니다
동전 한 개로 작은 꽃씨를 사서
작은 산언저리 동산에 뿌려놓고

파릇파릇한 새싹과
작은 동물들이 기지개를 활짝 펴는
봄의 정원을 가꾸고

여름이 오면
복숭아, 수박, 포도
탐스런 과일이 가득한 동산을 만들고

가을이 오면
황금빛 들녘 위로
빨간 사과의 탐스러운 미소를 만들고

겨울이 오면
햇살 밝은 언덕 위에
넉넉한 눈사람 마을을 만들고

동전 하나로 꿈꿔보는 세상 위로
자동차가 한 대 두 대
행렬을 이루며 지나갑니다

가끔씩 하늘을 보자

먹구름이 거친 태양을
집어 삼키면
우리는 비를 예감하며
하늘을 본다

장대비가 세상을 뒤덮을 즈음에
태양의 기척을 기다리며
또 다시 하늘을 본다

그림자 사이로 불어오는 바람이
기다림에 지친 여정을
품어 안으면
하늘을 바라보며 인사를 한다

가끔씩 하늘을 보자

비가 오면 비오는 대로
눈이 내리면 눈을 맞으며

휴식

봇짐에 미투리 하나
장식으로 매달아놓고
먼 길 나서는 방랑자에게
행선지를 물으면 답할 수 없다
방랑은 끝없는 여정인 까닭에

석양은 달을 몰고 온다
방랑의 걸음 보다
한 발 두 발 앞서서
달빛이 점점 더 밝아 올 무렵이면
시계바늘은 원점을 향해 내달린다

오늘은 어드메에
내 발길이 다달았을까
내일은 또 어디를 향해
발길이 옮겨지나

장식으로 달고 다니는
미투리 하나
잠을 청하는 술병 하나

연명

문틈 사이로 스며드는
여명의 빛줄기
그리고 구닥다리 노래

하루의 문을 열며 지난밤에
달이 흘리고 간 이슬을 밟는다

어제와 다른 오늘
내일이라는 여백을 위한
몸부림
가난한 하루살이의 시작은
가끔씩 숨통을 조여 온다

심장을 감아 오르는
뱀 혓바닥의 날선 섬뜩함이
살아있음을 느끼는
일상의 반복

순간 찾아오는
담배 한 개비의
작은 행복